Amigos de las flores

Lada Josefa Kratky

NATIONAL
GEOGRAPHIC
LEARNING | CENGAGE
Learning®

Hay flores de casi todos los colores y formas. Hay flores en forma de trompeta, en forma de campana, en forma de embudo, en forma de bola, en forma de plato. Hay flores en árboles, en arbustos, en enredaderas, en pequeñas matitas.

El único propósito de la flor es hacer semillas. Las flores usan su color, su aroma, su néctar y su forma para atraer insectos, pájaros, murciélagos y otros animalitos. Estos les ayudarán a hacer las semillas que hacen falta para que nuevas flores sigan siempre renaciendo.

Un picaflor pequeñito zumba por el jardín. Busca su desayuno. Revolotea frente a una flor roja que tiene forma de tubo. No es su olor lo que lo atrae, sino su color. Con su piquito, toma el dulce néctar de la flor. El picaflor no engorda, porque revolotea sin parar.

Al reemprender vuelo, el picaflor no se
da cuenta de que su piquito está cubierto
de granitos de polen. Cuando mete su
piquito en otra flor, deja algunos de esos
granitos de polen dentro de ella. Es así
que esa flor recibe el polen que necesita
para hacer semillas.

Una abejita vuela al jardín. El color blanco de una flor la atrae, y le encanta su dulce aroma. Se posa en la pequeña plataforma de la florecilla, pero no reposa. Con su lengua toma el sabroso néctar que halla en ella. Al posarse, ha recogido polen en las patitas.

Ve otra flor blanca y siente su aroma. No para a descansar. Se posa en ella, toma su néctar y a la vez deja granitos de polen en la nueva flor. Es así que esta otra flor recibe los granitos de polen que necesita para hacer semillas.

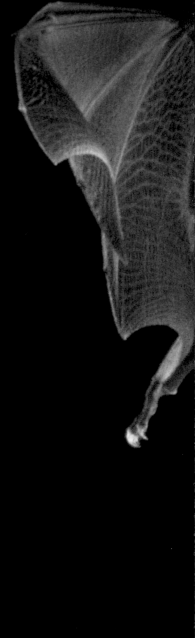

De noche, un murciélago
revolotea. Lo atrae un aroma
bien fuerte que viene de una
flor grande, vistosa y blanquita.
Esta flor ha estado cerrada
durante el día, pero se abre de
noche para recibir a su invitado,
el murciélago.

El murciélago refrena su
vuelo frente a la flor, que tiene
forma de embudo, y mete la
cabeza en ella. Toma el néctar
de la flor. Si halla un insecto
adentro, se lo come. Luego pasa
a otra flor, donde deposita el
polen que se le ha pegado en
el hociquito, y toma más néctar.
Con suerte hallará más insectos.

La mariposa siente el aroma suave de una flor roja. Su larga lengua encaja perfectamente en la flor. Igual que la abeja, el picaflor y el murciélago, la mariposa enriquece el jardín. Pasa polen de una flor a otra, asegurando que ellas se logren reproducir. Las semillas caerán en la tierra y, con sol y agua, renacerán.

¿Qué tipo de flor atrae a diferentes animalitos?

	Color	Aroma	Forma
	blanco, azul, amarillo	delicado	con plataforma
	blanco, colores claros	fuerte	de enbudo grande
	rojo, morado	suave	tubular, con plataforma
	rojo, anaranjado, blanco	sin aroma	de embudo

Glosario

atraer *v.*   hacer que algo o alguien se acerque. *Las cosas dulces atraen a las hormigas.*

llamativo *adj.*   atractivo, que llama la atención. *El rojo es un color sumamente llamativo.*

néctar *n.m.*   líquido dulce que producen muchas flores. *Las abejas chupan el néctar de las flores.*

plataforma *n.f.*   en las flores, lugar plano que facilita que los insectos o las aves se posen. *Las abejas y las mariposas prefieren flores que tengan plataforma.*

polen *n.m.*   especie de polvito que producen algunas flores y que se necesita para formar semillas. *El polen de muchas flores tiene un color amarillento.*

reemprender *v.*   volver a comenzar. *Después de una semana de descanso, los exploradores reemprendieron su viaje.*

revolotear *v.*   volar cambiando de dirección constantemente. *La mariposa revoloteaba de tal modo que era difícil seguirla con la vista.*

tubular *adj.*   en forma de tubo. *La lengua larga de las mariposas está adaptada para las flores tubulares.*